tredition®
www.tredition.de

AF290839

www.tredition.de

Ina Pulsatilla

Ein liebenswerter Kern

und andere Geschichten

und Gedichte

www.tredition.de

www.tredition.de

Verlag und Druck:
tredition GmbH, Halenreie 40-44, 22359 Hamburg

ISBN
Paperback: 978-3-347-25852-5
e-Book: 978-3-347-25212-7

Inhaltsverzeichnis

Vorwort

Liebe Leser,

dieses Buch beinhaltet Geschichten und Gedichte rund um das Thema Selbstwert, Anerkennung und Selbstbehauptung.

In den einzelnen Geschichten und Gedichte findet man nicht immer gleich den liebenswerten Kern, doch ich denke, er steckt überall ein bisschen drinnen

Vielleicht könnt ihr euch ein bisschen reinfühlen…

Die Zeichnungen sind von mir selbst gemalt worden.

Viel Spaß beim Lesen!

Kerni – Ein liebenswerter Kern

Ich bin Kerni, ein Geschenk des Himmels.

Ich wohne im Körper eines Menschen.

Ich mag diesen Menschen, obwohl er mich nicht immer gut behandelt hat.

Manchmal hat er sich gut um mich gekümmert. In dieser Zeit bin ich aufgeblüht.

Doch es gab auch Zeiten, in denen mich dieser Mensch liegenlassen hat oder mich sogar schlecht behandelt hat.

Das machte mich sehr traurig und unglücklich.

Als ich noch klein war, hatte ich noch nicht viel Einfluss auf das, was mit mir geschah.

Es war nicht immer einfach.

Ich hatte nicht immer die Kraft, mich gut zu behandeln.

Ich richtete mich noch zu sehr an die Menschen, die mich verformen wollten und brachte mir selbst die gleiche Nachlässigkeit entgegen wie sie.

Oft sah ich nur mit Widerwillen zu und dachte mir im Stillen:

„Du machst das später anders"

Sobald ich herangereift und unabhängiger geworden war, kümmerte ich mich selbst um mich.

Dadurch habe ich so meine Kanten bekommen.

Von Zeit zu Zeit nahm ich immer mehr an Erfahrung zu und breitete mich aus.

Ich hatte mich zu einer außergewöhnlichen Form herangebildet.

Ich habe mich verglichen mit Anderen, die mir erst runder und schöner erschienen.

Es gab aber immer noch Menschen, die mir weismachen wollten, wie ein Kern ihrer Meinung nach auszuschauen hätte.

Ich sei unzulänglich.

Also versuchte ich es ihnen rechtzumachen und nahm etwas von mir weg.

Aber leider hatte ich dadurch nichts hinzugewonnen, sondern verlor an Glanz und Schönheit.

Da versuchte ich mir etwas hinzuzufügen, das mir die Leute rieten, das erstrebenswert sei.

Ich wurde auch davon weder besser noch schöner.

Ich wurde mir fremd und gefiel mir nicht mehr.

Seitdem höre ich nicht mehr auf die Leute.

Ich wachse und werde zu dem, was ich bin.

Alles, was mich so hat werden lassen, macht meine Schönheit und Besonderheit aus.

Ich soll nicht anders sein.

Ich bin einmalig und einzigartig.

Ich habe mir eine liebevolle Umgebung geschaffen und werde nicht mehr zulassen, dass jemand von außen etwas von dieser einzigartigen Schönheit nimmt.

Ich werde mich mit Liebe behandeln, nicht mit Druck.

Ich lerne meine Kanten und meinen Reichtum schätzen und lieben.

Dieser liebenswerte Kern – das bin ich!

„In dir steckt der Samen eines wunderbaren Menschen, lass ihn in dir aufgehen,

indem du dich selbst annimmst."

Abnehmen macht glücklich

Als Adam diese Welt betrat, machte er sich begeistert, beschwingt und voller Tatendrang auf seinen Weg.

Auf seinem Rücken trug er einen Beutel, **ohne es zu bemerken.**

Unterwegs begegneten ihm viele schöne Dinge, und er machte viele reiche Erfahrungen. Er nahm alles in seinen Beutel auf, **ohne es zu bemerken.**

Je weiter er ging, desto mehr ließen die angenehmen Ereignisse nach.

Es wurden ihm Steine in den Weg gelegt.

Steine des Misstrauens,

Steine des inneren Kritikers,

Steine der Schuld und der Scham,

Steine der Abhängigkeit.

Alle Steine lud er in seinen Beutel, **ohne es zu bemerken.**

Eines Tages begegnete er einer Frau, von der die Leute sagten, dass sie weise sei. Er fragte sie, ob er auf dem richtigen Weg sei.

Sie antwortete ihm: „Ja, das bist du. Aber du hast zuviel Gewicht!"

Ab diesem Zeitpunkt begann Adam krampfhaft, abzunehmen.

Er probierte es mit allem, was ihm die Leute so rieten: Diät und Bewegung.

Tatsächlich nahm er einige Kilos ab.

Freudestrahlend ging er wieder zu dem Ort zurück, an dem er die kluge Frau das letzte Mal getroffen hatte.

Sie sagte zu ihm: „Jetzt hast du noch mehr Gewicht!"

Enttäuscht wurde ihm nun klar, dass sie nicht sein Körpergewicht meinte und fragte:

„Was kann ich tun?"

Die weise Frau erwiderte: „Befreie dich von deiner Last!"

Traurig marschierte er weiter und überlegte, was seine Last sein könnte.

Er setzte sich in eine farbenprächtige Blumenwiese und ein bunter Schmetterling umtanzte ihn. Die Leichtigkeit seines Flügelschlags versetzte ihn ins Staunen.

Er nahm etwas von dem Gefühl der Leichtigkeit auf und legte es in seinen Beutel, **ohne es zu bemerken**.

Die Leichtigkeit zersetzte den Stein des inneren Kritikers.

Sein Weg führte ihn an eine Lichtung. Dort traf er unerwartet wieder auf die weise Frau. Sie reichte ihm die Hand und sagte:

„Glückwunsch. Du hast an Gewicht verloren."

Adam freute sich. Alles, was ihm fortan begegnete, erschien ihm heller und freundlicher. Glücklich tanzte er umher und lachte, bis ihm die Tränen kamen. Er nahm etwas von der Freude mit und legte sie in seinen Beutel, **ohne es zu bemerken.**

Die Freude zersetzte den Stein des Misstrauens.

Nachdem er sich im Wald ausgetobt hatte, kam er wieder zu der Lichtung, an der er der Frau begegnet war. Sie stand noch immer dort.

Sie sagte zu ihm: „Glückspilz. Du hast verstanden, worum es geht."

Er erwiderte: „Ich habe Fehler gemacht, aber ich akzeptiere sie jetzt, und ich habe aus ihnen gelernt."

Mit dieser Erkenntnis schritt er voran und nahm sie in seinen Beutel auf, **ohne es zu bemerken.**
Die Erkenntnis zersetzte die Steine der Schuld und der Scham.

Frohen Mutes machte er sich auf die Suche nach der weisen Frau. Er wollte wissen, was sie jetzt über ihn dachte, ob er jetzt auf dem richtigen Weg sei.

Doch er begegnete ihr nicht mehr. Er ging an alle Orte zurück, an dem er sie getroffen hatte.

Er fragte alle Leute auf seinem Weg nach ihr. Niemand hatte sie gesehen.

Nach langer erfolgloser Suche gab er auf, nahm Platz auf einen großen Stein und hielt inne. Da spürte er, dass er sich zu sehr abhängig gemacht hatte von der Meinung der weisen Frau. Er schloss die Augen, ließ die Sonne auf sich scheinen und sich von einer sanften Brise den Nacken kitzeln.

Als er wieder aufblickte, stand die weise Frau vor ihm. Sie sagte zu ihm:

„Nun hast du dich von deiner Last befreit! Wie hast du das geschafft?"

Adam lächelte: „Ich habe einfach losgelassen."

Sie fragte: „Wie fühlt sich das an?"

Er antwortete: „Gut."

Und er zog weiter mit dem leichten Beutel voll Glück.

Und er bemerkte es.

Meine Schokoladenseiten

Als mein inneres Kind noch in der Ecke saß und mich mit großen Augen anschaute wusste ich nicht wie ich mich annähern sollte.

Es war schon eine Überwindung überhaupt in seine Nähe zu kommen. Ich wollte es zuerst nicht anschauen, so traurig und zusammengekauert es da saß. Es ging eine Erwartungshaltung von ihm aus, es brauchte mich offensichtlich. Irgendwie war das auch schön gebraucht zu werden, denn ich wollte gebraucht werden und ich wollte dem Kind helfen, es aus der Ecke hervorlocken, ihm wieder ein Lächeln ins Gesicht zaubern. Und mir war klar, dafür brauchte es keine großen Gesten.

Was macht man nun, um ein Kind aus der Reserve zu locken?

Das nächste Mal, als ich es sah, brachte ich ihm Schokolade mit. Und siehe da: Das Gesicht hellte sich auf und dankbar nahm es die Schokolade entgegen. Es war für mich eine Freude zuzusehen wie genussvoll dieses Kind die Schokolade verspeiste. Dies war der Anfang einer wundervollen Beziehung. Von Tag zu Tag wuchs das Vertrauen des Kindes. Das Kind spürte mein wachsendes Interesse und blühte langsam auf..

„Können wir was spielen?" fragte es mich eines Tages. Ich war überrascht, es war das erste Mal, dass das Kind mit mir redete.

Es war mir ein großes Anliegen, dem Wunsch des Kindes nachzukommen.

„Natürlich können wir was spielen! Nach was ist dir denn?"

„Ich möchte schaukeln", antwortete das Kind mit leuchtenden Augen.

Ich machte mich auf den Weg zum Spielplatz. Ich war nicht alleine dort und sogleich drängte sich der Gedanke auf: Was werden wohl diese Leute von mir denken? Normalerweise würde ich jetzt umdrehen und wieder gehen. Aber das Kind in mir ist mir so wichtig geworden, dass ich es auf keinem Fall enttäuschen wollte. Trotz aller Bedenken und mit einem leicht mulmigen Gefühl setzte ich mich auf die Schaukel und fing an zu schaukeln. Ich schaukelte immer höher und die Freude und Begeisterung des Kindes übertrug sich auf mich. Bald war alles um mich rum in Vergessenheit geraten. Jetzt war nur dieser Moment wichtig und sonst nichts.

Alle Sorgen fielen herab und ich befreite mich von meiner großen Last und entwickelte mit der Zeit meine ganz eigenen Schokoladenseiten.

Ich bin neugierig und probiere viele neue Sachen aus. Dabei erlebe ich eine Freude wie ich sie nie vorher gespürt habe.

Ich interessiere mich für andere Menschen, frage sie aus und gebe ihnen Rückmeldung genau so wie ich es mit ihnen empfunden habe. Die Menschen freuen sich und ich freue ich mit ihnen.

Kontakte zu anderen Menschen sind ein fester Bestandteil in meinem Leben und ich schließe mich nicht mehr selbst aus. Es ist in Verbundenheit mit meinem Kind zu einer Zugehörigkeit in der Gesellschaft gekommen. Da ich jetzt verinnerlicht habe dass ich gut bin so wie ich bin brauche ich auch nicht mehr die Bestätigung von anderen wie eine Droge. Ich bin jetzt unabhängig von anderen. Ich habe mich selbst endlich angenommen. Mit dieser neuen Einstellung bin ich auch bereit, einen Menschen als Partner zu lieben, mich ihm zu öffnen und mich ganz auf ihn einzulassen. Ich kann jetzt Liebe geben und empfangen. Und das ist wunderschön!

Mein Freund, der Baum

Immer, wenn ich alleine sein wollte, kletterte ich auf den Eichenbaum, der auf unserer Wiese vor dem Haus stand. Ich konnte mich auf einen stämmigen Ast setzen, von dem man weitgehend unentdeckt einen guten Überblick hatte. Wenn ich nach oben schaute sah ich in seine stolze Krone und fühlte mich dem Himmel so nah.

Im Sommer kam es mir so vor, als erwarte der Baum mich und wenn ich nicht kam, hörte ich ihn schreien. Doch ich ließ es meist nicht zu, dass er Sehnsucht bekam und nutzte jede Gelegenheit auf ihm zu verweilen. Oft vergingen die Stunden wie im Flug.

Ich wollte zwar alleine sein, doch kam es mir nicht so vor. Er war ja da, mein Baum.

Er gab mir Halt wie ein guter Freund. Ich konnte mich an ihn schmiegen und er tröstete mich.

Wenn ich mit meinen Fingern sanft über den glatten Ast strich antwortete er mit einem wohligen Seufzer.

Das Treiben unter mir machte mir keine Angst mehr. Auf dem Baum wurde bei mir ein Schalter umgelegt und ich war sorgenfrei.

Dabei fühlte ich mich lebendig Die Kraft und Stärke, die von diesem Baum ausging, übertrug sich auf mich.

Jedes Mal, wenn der Abschied nahte, umarmte ich den Baum und ließ ihn nur widerwillig zurück.

Solche Erfahrungen machte ich später nie wieder, die Freundschaft mit dem Baum war etwas ganz besonderes. Deshalb erinnere ich mich heute immer wieder gerne zurück an meinen Freund, den Baum.

Mein Katzenleben

Ich sitze am Fenster und schlecke gründlich mein Fell sauber. Plötzlich halte ich inne. Ist da nicht gerade ein Vogel vorbeigeflogen? Schnell dränge ich durch die Klappe ins Freie, laufe geschwind die Leiter hinunter und mache mich auf die Jagd. Der Vogel hat sich im Gebüsch versteckt. Davor lauere ich mit gespitzten Ohren und warte darauf, dass er sich bewegt.

In dieser starren Haltung verweile ich minutenlang und gebe keinen Mucks von mir.

Das Einzige, was mich interessiert, ist dieser Vogel. Es gibt nichts Vergleichbares auf dieser Welt, vielleicht noch eine Maus. Doch im Unterschied zur Maus hat der Vogel ein prächtiges Federkleid und Flügel, mit denen er durch die Luft schweben kann. Das ist alles höchst unterhaltsam und aufregend für mich. Er macht es mir nicht leicht ihn zu fangen.

Der Vorteil ist, er hat mich noch nicht bemerkt. Gleich ist der Moment gekommen, der Moment des Glücks, in dem ich ihn austrickse und die Falle zuschnappt bzw. mein Maul.

Jetzt ist es soweit. Jetzt hab ich dich!

Vorerst lasse ich ihn nicht mehr los. Dieser Fang war richtig gut lobe ich mich selbst und möchte ihn deshalb meiner Dosenöffnerin zeigen. Die wird sicher stolz sein auf mich!

Mit dem Vogel im Maul, der sich immer noch bewegt, was es so spannend macht, laufe ich die Leiter wieder hoch, durch die Klappe, rein ins gemütliche Nest.

Ich platziere meine Beute mitten aufs Bett und setze mich wartend davor. Da kommt sie auch schon, meine Dosenöffnerin. Diese Sekunde meiner Unaufmerksamkeit nutzt der Vogel und fliegt so gut er es noch kann durch das Zimmer und landet schließlich in einer Ecke hinter dem Regal.

Dort komm ich nicht an ihn heran. Komisch, recht glücklich hat meine Dosenöffnerin nicht geschaut.

Egal, jetzt geht es wieder um den Vogel. Irgendwann muss er herauskommen und dann bin ich auf Zack. Doch was ist das? Meine Dosenöffnerin bewegt sich auf das Regal zu, schnappt den Vogel und lässt ihn durch die Klappe frei.

Tja, das wars wohl fürs Erste.

Nein, ich bin ihr nicht böse, weiß sie es doch nicht besser.

Mir knurrt der Magen, ich brauche dringend was zum Beißen.

Ich setze mich vor die leere Futterschüssel und rufe Miau.

Meine Dosenöffnerin macht das, was sie am besten kann, nämlich eine Dose öffnen.

Im Nu verschline ich das leckere Futter, ziehe mich dann auf meinen Lieblingsplatz auf der Fensterbank zurück, lege mich dösend hin und schnurre zufrieden vor mich hin.

Verhängnisvolle Kneipentour

An einem Freitagabend saß ich wieder mal alleine zu Hause und starrte gelangweilt in den Flimmerkasten, als mich Daniela anrief. Daniela ist sehr lebhaft, intelligent und voller Energie, eine schöne reife Frau, aber leider nur eine Freundin. Dafür eine Freundin, mit der man Pferde stehlen konnte. Sie war zu jeder Schandtat bereit.

„Lass uns was unternehmen!" rief sie in den Hörer, war scheinbar in einer ausgelassenen Stimmung.

Ich war freudig überrascht, denn ich hatte mich schon auf einen einsamen, eintönigen Fernsehabend eingestellt.

So stürzten wir uns ins Nachtleben, pendelten von Kneipe zu Kneipe, tranken und lachten. Der Alkohol wirkte. Wir gingen ungezwungen miteinander um.

Als wir im „Riverside" ankamen, verspürte ich plötzlich Lust, Daniela zu küssen. Wir hatten uns noch nie geküsst. Heute aber waren wir so vertraut miteinander, da hatte ich vielleicht gute Karten. Ich sagte mir also „jetzt oder nie" und küsste sie einfach.

Unerwarteter Weise erwiderte sie meinen Kuss mit einer solchen Intensität, dass mir heiß und kalt wurde.

Bald darauf ging Daniela zur Toilette, und ich versuchte, ungesehen nach ihr reinzuhuschen.

Aufgelöst fragte sie:„Was willst du hier?"

Ich war erregt und drückte sie gegen mich, presste meine Lippen auf ihre. Doch jetzt wehrte sie sich. Ich flüsterte ihr ins Ohr: „Du willst es doch auch. Gibs zu, Baby."

Sie wollte schreien, doch ich drückte ihr meine Hand auf den Mund. Sie biss hinein.

Da war es um mich geschehen

„Ich weiß, dass du mich willst", kreischte ich.

Ich stellte mich über sie, zog meinen Gürtel aus und schlug zu. Sie fing an zu wimmern.

Ich schlug immer fester zu, und sie schrie immer lauter.

Plötzlich sackte sie unter mir zusammen, und ich wurde hellwach. Was hatte ich getan?

Fassungslos starrte ich auf ihren leblosen Körper.

„Daniela!" rief ich und rüttelte sie. Nichts.

Erst jetzt nahm ich ein lautes Hämmern an der Tür wahr und eine Stimme fragte aufgebracht: "Was ist los da drin?"

Ich gab keinen Mucks von mir. Kurze Zeit später klopfte es wieder an der Tür, und eine andere, energische Stimme sagte: „Hier ist die Polizei. Machen Sie die Tür auf, sonst treten wir sie ein!"

Ich ging zur Tür und öffnete den Riegel. Zwei Polizisten stürzten auf mich zu, verlasen mir meine Rechte, und „klick" hatte ich Handschellen um. Während ich unter den neugierigen und teilweise angewiderten Blicken der Kneipenbesucher abgeführt wurde, brachte man Juliette in einen Krankenwagen.

Die Polizei brachte mich auch ins Krankenhaus, wo ich untersucht wurde. Ein bebrillter Arzt schaute mich über den

Rand seiner Gläser besorgt und gleichzeitig strafend an. „Wohl zuviel getrunken?" Ich nickte und fragte mich, wie es wohl Juliette ginge.

Ein zweiter Arzt kam mit einer Spritze und sagte gelangweilt: „Machen Sie mal Ihren Arm frei." Erschrocken fuchtelte ich wie wild um mich und riss dabei die Brille des ersten Arztes runter. "Nein!" schrie ich in heller Aufregung. Die Polizisten kamen herbeigeeilt und drückten meine Arme mit aller Gewalt hinunter. Und schon spürte ich den beißenden Schmerz der Nadel und wurde bewusstlos.

Als ich aufwachte, sah ich eine Krankenschwester vor mir.

"Was ist passiert?" fragte ich benommen. Sie erwiderte: „Sie können sich nicht erinnern?"

Da fiel mir plötzlich wieder alles ein, und ich bekam Reuegefühle vermischt mit Angst und Scham. "Wie geht es ihr?" fragte ich leise.

Die Krankenschwester grinste hämisch. "Wohl Gewissensbisse?" fragte sie, "die nützen Ihnen jetzt auch nichts mehr."

"Was soll das heißen?" fragte ich zerknirscht.

"Selbst wenn sie sich von den Verletzungen erholt hat, wird ihr der Schock noch lange in den Knochen stecken. Und das alles wegen so einem Kerl wie Ihnen. Ich verstehe einfach nicht, warum sie Sie nicht anzeigen will. Sie haben es gar nicht verdient, mit einem blauen Auge davonzukommen". Die Tür knallte zu, und ich war allein. Allein mit meinen verwirrten Gedanken. Der erste, der mir in den Sinn kam, war, mich umzubringen. Mein Leben war sowieso verkorkst, und ich hatte die alleinige Schuld daran. Mit zweiundfünfzig hatte ich doch sowieso nichts mehr zu erwarten.

„Es geht den Berg runter mit mir, ich fange an, verrückt zu werden", sagte ich zu mir selbst. In dem Moment, als ich merkte, dass ich schon Selbstgespräche führte, fasste ich mir an den Kopf und brüllte: „Schluss! Schluss!"

Eine andere Krankenschwester stürmte ins Zimmer und rief: „Was ist los?"

Ich sprang auf, doch sofort fühlte ich eine irre Benommenheit, mir wurde schwarz vor den Augen, und ich sackte wie ein alter Mehlsack auf dem Bett zusammen.

"Sie dürfen noch nicht aufstehen", sagte die Schwester.

"Ist mir egal! Ich muss wissen, wie es ihr geht!" Ich stand wieder auf, drückte das verschreckte Mädchen beiseite, und machte mir den Weg frei.

Ich lief durch den Korridor und hatte unwahrscheinliche Kopfschmerzen. Ich stürzte in das erste Zimmer, doch es war das Falsche. Dort lagen nur drei alte Damen, die sich zitternd vor Angst die Bettdecke über die Köpfe stülpten. Die Krankenschwester aus meinem Zimmer kam mir nachgelaufen und wollte mich zurück in mein Zimmer bringen. Ich zerrte an ihrem Kittel und fragte aufgelöst: "Wo ist sie?"

"Wo ist wer?"

"Daniela. Daniela Winter!"

Die Krankenschwester starrte mich entgeistert an.

"Bringen Sie mich zu ihr! Sofort!" brüllte ich.

"O.k.,o.k., beruhigen Sie sich. Sie liegt in Zimmer 25. Aber Sie dürfen nicht..."

Ich stieß sie um, ein Pfleger kam herbei und rief mir hinterher: "Sind Sie verrückt geworden?" Plötzlich war ein Massenauflauf auf dem Flur. Doch ich war nicht aufzuhalten. Schnurstracks eilte ich auf Zimmer 25 zu, riss die Klinke herunter, und lief auf Danielas Bett zu.

Ihr Gesicht war übersät mit roten und blauen Flecken.

Sie lag mit geschlossenen Augen wie halbtot in diesem abscheulichen Krankenhausbett. Ich setzte mich zu ihr, nahm ihre Hand und flüsterte: "Es tut mir so leid, Daniela, es tut mir so unendlich leid."

"Es reicht!" schrie der herbeikommende Polizist, der für einige Minuten seinen Wachposten vor meiner Tür verlassen hatte und zerrte mich von ihr weg.

Als ich am nächsten Tag aufwachte stand Daniela plötzlich vor mir. Der Polizist saß neben der Tür und kaute an seinen Fingernägeln. Juliette hatte so einen leeren Blick, als würde sie durch mich durchgucken. Sie verzog keine Miene, sagte kein Wort. Der Polizist stöhnte. Plötzlich drehte Daniela sich zu ihm und fauchte ihn an: "Verpiss dich!"

Er lief rot an und fauchte zurück: "Sie sind ja genauso verrückt wie er" und ging nach draußen. Jetzt, wo wir alleine waren, änderte sich Danielas Blick, er wurde sanft. Sie umarmte mich und gab mir einen Kuss. Verstört wich ich zurück. Ich hatte alles erwartet, nur das nicht. "Mensch, hab dich nicht so. Ich weiß, dass du das magst".

Ich war verwirrt. Wie konnte sie mir nur verzeihen? Sie war fast draufgegangen. Sie flüsterte mir ins Ohr: "Komm, wir tun es jetzt, du willst doch auch."

Sie begann, mich leidenschaftlich zu küssen, doch ich war nicht imstande, nach diesem ganzen Chaos, mich gehen zu lassen. Ich war so beschämt und angeekelt von mir selbst, und ihre Reaktion brachte mich einfach durcheinander. Ich fing an zu schluchzen und bekam einen regelrechten Heulkrampf. Sie tröstete mich, obwohl es doch an mir wäre, sie zu trösten.

Ich fing mich wieder ein und fragte sie reumütig: "Verzeihst du mir?"

Plötzlich schlug ihre Stimmung um, ihr Blick wurde mit einem Mal eisiger und eisiger.

"Verzeihen?" schrie sie, zog einen Gürtel hervor und hielt ihn über mich.

"Du glaubst doch nicht im Ernst, das ich dir das verzeihe!" Sie schob ihr Hemd hoch und zeigte mir ihren entstellten, gepeitschten Rücken.

"Du willst Rache, ich verstehe", sagte ich und deutete auf den Gürtel.

"Ich lasse mich doch nicht auf dein Niveau herab", erwiderte sie und legte den Gürtel wieder weg.

"Beinahe hätte ich mich in dich verliebt, doch zum Glück habe ich dich vorher kennen gelernt, wie du wirklich bist".

Ich war alleine, und zwar noch mehr alleine wie je zuvor.

Es gab keine Anklage vor Gericht. Auf der Straße jedoch wurde ich schief angeschaut, und es wurde über mich geredet. Ich wusste, dass sie es wussten, und die Scham und die Nichtbeachtung machten aus mir ein seelisches Wrack. Ich zog mich zurück in mein Rattenloch,

in dem ich wohl bis zu meinem Lebensende veröden werde.

Wohnungsbesichtigung

Frau: Das ist jetzt die 33. Wohnung, die wir uns anschauen.

Mann: Die letzten 32 konnte man aber wirklich vergessen.

Frau: Was war mit der 27.? Die hatte einen großen Balkon und Parkettboden. Die war doch total super!

Mann: Das war gar kein echter Parkettboden. Das hab ich gleich gesehen.

Frau: Dir ist auch nichts gut genug.

Mann: Willst du etwa in irgendein Loch ziehen?

Frau: Nein, ich will nur irgendwohin ziehen.

Mann: Du bist so anspruchslos. Ein Wohnungskauf ist wie ein Autokauf, es muss einfach alles passen, es soll ja für einige Jahre fahren.

Frau: Und in der Wohnung wollen wir unser restliches gemeinsames Leben verbringen, nicht wahr?

Mann: Wie meinst du das? Etwa nicht?

Frau: Doch, doch. Aber man weiß ja nie.

Mann: Du meinst, du weißt nicht, ob du mit mir solange zusammen bleiben willst. Achso, und deshalb ist es dir egal, wohin wir ziehen, weil wir sowieso nicht lange dort bleiben werden.

Frau: Das hast du jetzt gesagt.

Mann: Und du hast es gedacht.

Frau: Kannst du etwa Gedanken lesen?

Mann: Schauen wir doch jetzt mal diese Wohnung hier an.

Frau: Ich habe schon alles gesehen. Ich finde sie schön.

Mann: Schön? Hast du die Badewanne gesehen, die ist total dreckig. Und in der Küche hängen Kabel aus der Wand.

Frau: Die Badewanne kann man putzen. Und die Kabel kann man verlegen. Das sollte doch für dich kein Problem sein.

Mann: Nein, das schaff ich mit links. Aber die Aussicht hier ist auch nicht gerade rosig.

Frau: Nun, ich kann da hinten einen Berg sehen, das finde ich romantisch.

Mann: Wo ist da ein Berg? Ach, du meinst da ganz hinten der? Wenn Nebel ist, kann man den überhaupt nicht sehen.

Frau: Wenn Nebel ist, geh ich auch nicht auf den Balkon, dann brauche ich keinen Berg zu sehen.

Mann: Und dann hast du gar nichts von Romantik.

Frau: Und was ist mit uns?

Mann: Was meinst du mit uns? Was soll mit uns sein?

Frau: Wir könnten für romantische Stunden sorgen.

Mann: Du meinst ja, ich wäre gar nicht romantisch.

Frau: Hab ich das gesagt?

Mann: Nein, aber gedacht.

Frau: Tust du schon wieder Gedanken lesen?

Mann: Dir steht halt alles im Gesicht geschrieben!

Frau: Du könntest ja auch was dafür tun, dass es romantisch zwischen uns ist.

Mann: Achso, dafür bin also ich allein zuständig.

Frau: Ohne dich wird es wohl kaum gehen.

Mann: Warum bin ich immer schuld an allem?

Frau: Du hast einfach keinen Sinn für Romantik!

Mann: Und was war das vor einem Jahr, als ich um deine Halt anhielt. War das etwa nicht romantisch?

Frau: Du meinst, wie du mir den Ring in die Mousse au chocolate gesteckt hast und ich daran beinahe erstickt wäre?

Mann: Das konnte doch keiner ahnen.

Frau: Was ist jetzt hier mit der Wohnung? Nehmen wir sie?

Mann: Du siehst immer nur das Schöne. Du musst genauer hinsehen, dann siehst du auch die Mängel.

Frau: Glaub mir, ich hab schon genauer hingesehen.

Mann: Das glaub ich nicht.

Frau: Glaub doch, was du willst. Ich hab mich entschieden.

Mann: Gut, nehmen wir die Wohnung.

Frau: Nein, ich will nicht mehr.

Mann: Jetzt komm ich dir schon entgegen und jetzt willst du nicht mehr?

Frau: Mir reichts. Ich will die Wohnung nicht, und dich auch nicht.

Mann: Also haben wir uns 33 Wohnungen anschauen müssen, damit du mir sagst, du willst nicht mehr mit mir zusammen ziehen, oder was?

Frau: Ich habe einfach erkannt, dass du mich runterziehst mit deinen negativen Gedanken.

Mann: Ja, und du bist einfach viel zu positiv. Das geht mir auf den Geist.

Frau: Dann sind wir uns ja einmal einig.

Mann: Wie meinst du das?

Frau: Wir passen nicht zusammen. Nicht mal eine Wohnung können wir gemeinsam finden.

Mann: Ich glaubs einfach nicht. Nur, weil wir keine Wohnung finden, lässt du mich fallen wie eine heiße Kartoffel.

Frau: So leicht hab ich mirs ja auch wieder nicht gemacht.

Mann: Ja, erst nach 33 Wohnungsbesichtigungen servierst du mich ab. Das hättest du wirklich früher sagen können, da hätten wir uns einiges erspart.

Frau: Ich hab dir sogar noch hier bei der letzten Wohnung eine Chance gegeben. Ich habe versucht, dir klarzumachen, worauf es mir ankommt.

Mann: Ich weiß, worauf es dir ankommt.

Frau: Ach ja?

Mann: Ja. Du willst einen Mann, der zu allem Ja und Amen sagt.

Frau: Du liegst wieder mal völlig falsch.

Mann: Ja klar, wie immer. Du hast recht und ich unrecht.

Frau: Lass uns die Wohnung nehmen!

Mann: Was? Jetzt doch? Du weißt ja gar nicht, was du willst.

Frau: Doch, ich weiß es jetzt. Ich will gehen.

Mann: Dann geh doch.

Und die Frau geht. Er schaut sich noch einmal in der Wohnung um, schüttelt den Kopf und geht ebenfalls.

Ein Tag im Leben von Ina P. im Jahre 2023

Punkt sieben werde ich von einer tiefen männlichen Stimme aus dem Schlaf geweckt.

Diese ist aber nicht etwa von meinem Mann, der neben mir im Bett schläft, nein, sie kommt aus dem Computer. Ich habe sie aus hundert von Stimmern ausgewählt, um mich morgens zu wecken.

Und ja, ich bin 52 Jahre alt und immer noch allein, so wie etwa 60% der Weltbevölkerung.

Die Welt hat sich auf Singles eingestellt.

Ich stehe auf und gehe ins Bad. Ich habe die Dusche auf fünf Minuten eingestellt, da Wasser mittlerweile kostbar geworden ist.

Abgesehen davon hätte ich sowieso nicht mehr Zeit zum Duschen. Nach dem Duschen stehe ich vor meinem digitalen Kleiderschrank, der mir auf seinem Display anzeigt, was ich heute tragen soll, nachdem ich die heutige Stimmungslage eingegeben habe. Das Wetter hat er sowieso schon parat.

Wie immer gefällt mir seine Auswahl so gar nicht. In der Küche zeigt mir mein digitaler

Kühlschrank auf seinem Display an, was ich heute kaufen muss, und wo in nächster Entfernung ich es am günstigsten bekomme. Ich mache mich also auf den Weg in die Stadt.

Dort tummeln sich noch mehr Menschen als früher, die meisten wissen mit ihrer eingesparten Zeit nichts anzufangen. Ich benutze den Fußgänger-Überholweg, denn ich habe es eilig. Aber an einem Schaufenster bleibe ich stehen und sehne mich nach alten Zeiten zurück.

Neben mir steht ein Mann, der ausnahmsweise mal ganz passabel aussieht (Ich hatte eigentlich die Hoffnung, in der Zukunft gäbe es endlich mal gut aussehende Männer) und ich schaue in seine Glasses.

Heutzutage tragen alle Brillen – genannt Glasses – nicht etwa, weil es in Mode gekommen ist, sondern weil man in ihnen das sehen kann, was der andere eingegeben hat. Ich sehe in seinen Glasses, das er heute Morgen schon festen

Stuhlgang hatte. Nein, das wollte ich wirklich nicht wissen, mich hätte nur interessiert, ob er schon vergeben ist, aber diese andere Information hat mich jetzt abgetörnt.

Es ist schon erstaunlich, was die Leute so alles von sich preisgeben. Im Supermarkt schaue ich nicht mehr auf die Verpackungen, denn diese versprechen nicht mehr die Wahrheit, sondern scanne mit meinem Smartphone das Produkt ein und weiß genau, woher es kommt und welche Inhaltsstoffe es hat. Die Preise sind noch teurer geworden und ich muss gut abwägen, was ich wirklich benötige und was nicht.

Es gibt nur noch Selbstbedienungskassen, an denen trotzdem Schlangen warten, weil diese Dinger nie richtig funktionieren. Bargeld gibt es schon lange nicht mehr, es wird alles mit dem Handy oder Karte bezahlt. Auf meinem Weg nach Hause suche ich vergeblich einen Weg, der begrünt ist.

Das Verkehrschaos auf den Straßen hat sich noch verschlimmert, weil jetzt alle Autos selbständig fahren und das das Bequemste ist.

Nachdem ich zu Hause die Sachen im Kühlschrank verstaut habe, mache ich mich auf den Weg zur Arbeit. Ich fahre nicht mehr mit der S-Bahn, sondern mit der Speed-Bahn, die ist drei Mal so schnell, so wird wieder Zeit gespart. Während der Arbeit ist es verboten, mit den Kollegen zu reden, da dies von der Arbeit ablenken würde. Wenigstens kann man ihnen in die Augen schauen, weil die Glasses auch verboten sind. Dort sieht man hin und wieder eine Emotion aufflackern.

Das persönliche Gespräch kommt viel zu kurz. Aber alleine bin ich nicht, ich habe 256 Freunde – virtuell natürlich. Ich habe nur mit einer von diesen persönlichen Kontakt. Um mich mit ihr zu treffen, schaue ich im Computer in ihr Profil, dort liegt ihr Terminkalender bereit, und ich trage mich einfach bei einem freien Termin ein. Sie muss dann nur noch diesen Termin bestätigen.

Nach der Arbeit warte ich auf die Speed-Bahn. Ich würde jetzt gerne eine rauchen, aber das ist mittlerweile auf der Straße verboten. Ohnehin sind die Zigaretten so teuer geworden, dass sich wenige diesen Luxus leisten können.

Die Bilder auf den Verpackungen sind noch drastischer geworden, wodurch das Rauchen wirklich keinen Spaß mehr macht.

Wieder zu Hause angekommen, schalte ich den Fernseher ein, obwohl dort nur noch Schrott kommt.

Für was Gescheites muss man extra zahlen.

Das Display auf meinem Kühlschrank zeigt mir an, was ich aus den vorhandenen Zutaten kochen könnte, und ich nehme diesmal den Vorschlag an.

Es gibt jetzt eine Multi-Mikrowelle, die in wenigen Minuten selbständig kocht. Aber ich persönlich koche noch ganz altmodisch auf dem Herd. Das Schnippeln übernimmt natürlich meine Küchenmaschine, die sowohl Zwiebeln in kleine Würfel als auch Gemüse in Streifen oder Scheiben schneiden kann.

Im Wohnzimmer gehen die Rollos automatisch runter, da es draußen dunkel geworden ist.

Auch das Licht schaltet sich automatisch ein und ich setze mich vor meinen Computer.

Der Computer ist der beste Freund des Menschen geworden. Ohne ihn geht gar nichts mehr.

Nur eines hat er noch nicht geschafft: Er hat mir immer noch keinen Traummann ausgespuckt.

Wie im Paradies

„Mir hatte die Sache von Anfang an nicht gefallen", sagte Sabine zu ihrem Mann. Jochen schaute sie an und schwieg, wie er es so gerne machte, wenn sie mit ihm reden wollte.

„Du bist dir doch im Klaren darüber, dass wir ihr jetzt einen Floh ins Ohr gesetzt haben", meinte Sabine.

Ihr Mann schwieg noch immer.

Vor kurzem war Jochens Mutter gestorben, womit sie alle zu kämpfen hatten. Besonders Julia, ihre 10-jährige Tochter.

Gestern beim Abendbrot fragte sie ihre Eltern, wo Oma Anna denn jetzt sei. Sabine seufzte in diesem Augenblick, weil ihr dazu keine Antwort einfiel.

Jochen antwortete einfach nur: „Im Himmel."

Julia fragte weiter: „Und wie ist es so im Himmel?"

Sabine dachte längere Zeit über diese Frage nach. Schließlich wusste das keiner, es war ja noch niemand von dort zurückgekehrt. Gab es überhaupt einen Himmel?

Aber Jochen hatte schon wieder eine Antwort parat, und Sabine war in diesem Moment recht froh darüber, dass er diese für sie unangenehme Frage beantworten konnte.

Doch was er jetzt sagte, machte sie ein wenig stutzig, damit hatte sie nicht gerechnet.

„Wie im Paradies", sagte er.

„Wie im Paradies", wiederholte Julia langsam und fragte daraufhin:

„Und wie ist es so im Paradies?"

Jochen entgegnete gelassen (wie Sabine fand, zu gelassen): „Das Paradies ist so, wie du dir es vorstellst."

Jochen schien damit zufrieden zu sein, aber Sabine ahnte, dass diese Antwort Folgen mit sich ziehen könnte.

Julia war heute morgen schon sehr früh aus dem Haus gegangen. Als ihre Mutter sie fragte, wo sie denn hin wolle, antwortete sie, zu Oma Anna.

Jochen kam hinzu und lachte. „Na dann, viel Spaß, ihr beiden!"

„Mama", fragte Julia, „kann Oma Anna, da wo sie jetzt ist, auch stricken?"

„Wenn sie Wolle hat, glaub ich schon", erwiderte Sabine.

„Kann ich Wolle haben, Mama?" fragte Julia. Ich gab ihr ein Knäuel Wolle und pfeifend lief Julia hinaus, schwang sich auf ihr Fahrrad und fuhr davon.

„Wo sie wohl bleibt?" fragte Sabine, als es schon gegen Mittag war.

„Mach dir mal keine Sorgen, sie wird schon noch kommen", war Jochens Antwort.

„Aber sie kann überall sein. Wo will sie denn das Paradies finden?"

Jochen schwieg.

Inzwischen war Julia in einem Park angekommen, bei dem die Bäume schon Kirschblüten trugen. Es war ein heller, freundlicher Tag, und sie fühlte sich sehr wohl.

Sie setzte sich auf eine Bank und wünschte sich ihre Oma her.

Da kam sie. Sie glich einem Engel, sie war ganz weiß und leuchtend und lächelte aus vollstem Herzen. Sie setzte sich neben Julia und schaute sie liebevoll an.

„Schön, das du da bist, meine Kleine. Das ist aber lieb, dass du mir Wolle mitgebracht hast, hast wohl nicht vergessen, wie gerne ich stricke."

„Oma Anna", fragte Julia, „Papa sagt, du bist im Himmel und da ist es so schön, wie man es sich vorstellt, also wie im Paradies. Stimmt das?"

„Ja", antwortete Oma Anna, „das stimmt. Wie stellst du es dir denn vor?"

„Ich stelle mir vor, dort ist es so schön wie hier in dem Park, lauter schöne Bäume und eine grüne Wiese und überall fliegen Engel herum und spielen, tanzen und singen. Man kann den ganzen Tag machen, was man will, zum Beispiel stricken."

„Du hast recht. Genau so ist es im Himmel, und mir gefällt es sehr gut hier."

„Wo gefällt es dir denn besser, auf der Erde oder im Himmel?" fragte Julia neugierig.

„Mir gefällt es überall gleich gut. Man kann ja auch nur in den Himmel kommen, wenn man auf der Erde ein erfülltes Leben gehabt hat."

„Was ist ein erfülltes Leben?" fragte Julia in ihrem Wissensdrang.

„Menschen, die ein erfülltes Leben führen, gehen in sich und erforschen Ihre Bedürfnisse und Wünsche. Sie fragen sich "Was will ich in meinem Leben erreichen?" "Was ist mir wichtig?" Sie denken bewusst an all die schönen Dinge in ihrem Leben und sind dankbar dafür. Sie suchen und finden immer einen Grund, glücklich zu sein. Sie fühlen sich für sich, Ihr Leben, Ihre Gesundheit und Ihr Glück verantwortlich und leben ihr Leben nach einem Fahrplan, der auf sie und ihre Bedürfnisse zugeschnitten ist. Ihrer Vergangenheit, so schlecht sie auch gewesen sein mag, erlauben sie nicht, das Heute oder die Zukunft zu beeinflussen."

„Oma? Ich möchte auch ein erfülltes Leben haben!" meinte Julia.

„Du bist auf dem richtigen Weg, meine Kleine."

Sie unterhielten sich noch eine ganze Weile. Julia merkte gar nicht, wie die Zeit verging.

Als es Zeit zum Mittagessen war, schaute Sabine ungeduldig auf die Uhr. „Jetzt müsste sie aber eigentlich schon da sein. Sie kommt immer zum Mittagessen."

Jochen wurde auch langsam unruhig.

„Was ist, wenn was passiert ist?" fragte Sabine.

„Das sollst du jetzt gar nicht denken", versuchte Jochen, seine Frau zu beruhigen.

„Was ist, wenn sie was Blödes macht? Wir wissen beide nicht, wie sie sich das Paradies vorstellt."

„Du hast recht. Ich gehe sie suchen!" sagte Jochen bestimmt und zog seine Jacke und seine Schuhe an und schon war er aus der Tür.

„Deine Schuhe sind offen!" rief Sabine ihm hinterher.

Aber er sah seine Schuhe nicht. Er dachte immerzu an das Wort Paradies.

Frühling im Herbst

Obwohl es erst Mitte Oktober war, war es schon schweinekalt draußen. Trotzdem rang ich mich dazu, einen Spaziergang zu machen, um ein bisschen frische Luft zu schnappen.

Ich ging in die Stadt. Es war schon halbdunkel, und in vielen Häusern brannte schon Licht. Ich machte einen Schaufensterbummel. Beim Eduscho blieb ich stehen und sah in die Auslage. Sofort stach mir ein Schirm ins Auge, welcher im Angebot war. In weiser Voraussicht, dass das Herbstwetter so kalt und regnerisch blieb, könnte ich den gut gebrauchen. Ich schaute mir ihn aber sehr lang an, um festzustellen, ob er mir auch gefiel und ob er zu mir passte.

Auf einmal sah ich im Fenster, dass ein Mann hinter mit stand und auch auf die Auslage schaute. Mein Blick wanderte vom Schirm zu dem Mann.

Heimlich schaute ich ihn mir an, mit den gleichen Überlegungen wie vorher.

Gefiel er mir? Ja, er schien attraktiv zu sein.

Passte er zu mir? Ich dachte, warum nicht, er war ein Stück größer und schien ein paar Jahre älter zu sein.

Er flüsterte in mein Ohr: „Ich sehe, wie Sie mich beobachten."

War das peinlich, jetzt wurde ich ertappt.

Starr blieb ich vor dem Schaufenster stehen und blickte wieder den Schirm an.

„Warum schauen Sie weg? Gefalle ich Ihnen nicht?" fragte der gutaussehende Mann.

„Doch, doch!" stotterte ich verlegen.

„Drehen Sie sich doch mal um, dann können Sie mich noch genauer sehen."

Vorsichtig drehte ich m ich um und schaute in sein Gesicht. Es lächelte mir zu.

Er fragte: „Darf ich Sie zu einem Kaffee einladen?"

Der ging ja ran...

Plötzlich kam es mir nicht mehr wie kalter Herbst vor, sondern wie warmer Frühling.

Somit ging ich mit der guten Partie, die ich soeben unerwartet gemacht hatte, ins nächste Café.

Auf dem Weg fing es an zu regnen, und sie dachte gar nicht mehr an den Schirm.

Der Regen war in dieser Situation eher romantisch als störend.

Im Café erzählte der Mann von seinen vielen Reisen, die er gemacht hatte, ein bisschen eingebildet natürlich.

Irgendwann wurde es mir langweilig, ihm zuzuhören. Er mochte gut aussehen, aber ein interessanter Gesprächspartner war er nicht.

Ich sagte, ich müsse zur Toilette und verschwand aber -ohne mich nochmal zu ihm umzusehen- zum Ausgang raus ins Freie.

Dort atmete ich auf und schlenderte wieder durch die Stadt.

Erneut fand ich mich vor dem Eduscho wieder. Mein Blick fiel nochmals auf den patenten Schirm.

Ich ging hinein und kaufte ihn.

Als ich wieder rauskam, hörte es auf zu regnen.

Die Befreiung

An einem nahezu unberührtem Fleck dieser Erde, am Ende eines verlassenen Waldwegs, den nur ganz eifrige Wanderer bis ans Ende gehen, steht er schon seit Jahren.

Eine mutige Frau kommt eines Tages an die Stelle und steigt den steilen Abhang hinunter bis ganz nach unten.

Von dort schaut sie herauf in die Schönheit der Natur.

So wie er fühlt sie sich lebendig und friedlich.

Seine unbändige Kraft überträgt sich auf sie. Das ist die vollkommene Freiheit denkt sie.

Alle weiteren Gedanken sind jetzt ausgeschaltet. Sie ist eins mit der Natur – mit sich.

Sie fängt an zu tanzen, erst zögernd nur langsam, dann immer schneller werdend.

Sie dreht sich im Kreis, bis ihr schwindlig wird.

Ein befreiter Schrei drückt sich aus ihrer Kehle, dann schreit sie sich die Seele aus dem Leib.

Das Naturschauspiel hat heute nur für sie geöffnet.

Den Weg ist sie nur so weit gegangen weil sie Abstand möchte, Abstand von ihren 14 Ehejahren mit einem narzistischen Mann. Sie hat ihn endgültig verlassen und ist wieder zu ihrem Ich geworden.

Dieses Ich hat sie heute hierhergeführt – zu dem einzigartigen, wunderschönen Wasserfall.

Keine Änderung

Es war tief in der Nacht als ich aufschreckte und mir bewusst war, was ich am nächsten Tag vorhatte. Doch egal ob ich jetzt wachblieb oder wieder einschlief, es änderte nichts. Der Tag würde kommen und mit ihm mein entsetzlicher Widerwille. Ich hatte ihn seit Wochen nicht mehr gesehen und das war gut so. Mir ging es von Tag zu Tag besser, besser als je zuvor. Ich werde ihn freundlich aber bestimmt abweisen wenn er etwas von mir will, dachte ich. Mit diesem Gedanken gab ich mich zufrieden und schlief ein.

Am nächsten Morgen kroch ich aus der Decke hervor und mit mir meine Unsicherheit.

Sie nahm Platz am Frühstückstisch, machte sich breit und wollte gar nicht mehr verschwinden.

Das Treffen war um 10 Uhr. Was sollte ich die verbleibenden zwei Stunden machen?

Hoffentlich hatte er es sich abgewöhnt zu früh zu kommen. Wie ich das hasste!

Ich hatte mittlerweile begonnen alles an ihm zu hassen, auch das, was ich früher liebte.

Als ich ihn noch liebte fielen mir seine Macken gar nicht auf, vielmehr ich konnte sie mit einem Augenzwinkern übersehen.

Dass er über alle Maße eingebildet war entging mir nicht, doch ich entschuldigte dies mit Selbstbewusstsein.

Um halb 10 klingelte es an der Tür. Nein, er hatte sich wohl nicht verändert.

In seiner Hand hielt er einen Blumenstrauß von der Tankstelle. Auch das hatte sich nicht geändert.

„Guten Morgen, mein Schatz", begrüßte er mich. Ich dachte nur, ich bin doch schon lange nicht mehr sein Schatz.

Warum nur hatte ich mich auf dieses Treffen eingelassen?

Mitleid war der entscheidende Faktor. Eigentlich wäre es mir lieber gewesen, ihn nicht mehr wiederzusehen damit ich die Zeit mit ihm besser verdrängen konnte.

Er verwickelte mich in ein Gespräch über seine Lieblingsthemen. Ich tat so, als höre ich ihm aufmerksam zu und langweilte mich zu Tode.

Nach zwei Stunden seines mehr oder weniger Monologs sagte ich, dass ich zur Arbeit musste.

Ihm war ganz entgangen, dass wir kein Paar mehr waren und küsste mich auf den Mund.

Wie selbstverständlich, als ob es die logischste Sache der Welt war, sagte er: „Bis morgen, bis morgen um dieselbe Zeit."

„Ja", sagte ich, „ja". Aber ich wusste, dass ich log.

Der Tag, ab dem sich alles änderte

Der Tag, ab dem sich alles änderte war der Tag, an dem ich mich verliebte.

Zuerst schwebte ich im siebten Himmel und genoss seine Zuwendung und Aufmersamkeit.

Er wollte immer Händchen halten in jeder Situation. Wenn ich ihm die Hand verwehrte schmollte er unmd war beleidigt. Eine Beziehung, das hieß für ihn rund um die Uhr verfügbar sein. Er bombadierte mich mit SMS, so dass ich das Handy sogar mit aufs stille Örtchen nehmen musste. Denn sollte ich nicht reagieren kamen die Vorwürfe. Ich durfte nach langem Hin- und Herdiskutieren zwei Mal die Woche zu einer Freundin, doch während ich dort war, spürte ich, dass er zu Hause nur auf mich wartete und sonst nichts mit sich anzufangen wusste. Dieses Gefühl machte mich nervös und ich sah zu, dass ich möglichst schnell nach Hause kam. Er konnte nicht mit Geld umgehen, so kam es, dass ich nach und nach auch seine

Rechnungen   bezahlte. Wenn er nicht weiter wusste   nahm er Tabletten und beamte sich weg.

Er stellte mein ganzes Leben auf den Kopf und ich ließ es geschehen. Er kritisierte mich   wegen   meines   ernsten Gesichtsausdrucks, aber ich konnte kein Gute-Laune-Gesicht aufsetzen wenn dem nicht so war.

Sehr oft provozierte er einen Streit, bei dem ich immer schuld dran hatte. Er konnte dabei richtig ungemütlich werden und verließ dann meist türeknallend die Wohnung. In diesen Momenten atmete ich auf und   war froh, endlich mal für mich sein zu   können.

So   entwickelten   wir   eine   On-Off-Beziehung, mal waren wir für ein paar Wochen zusammen, dann wieder getrennt. Er schaffte es immer wieder dass ich mich mich wieder auf ihn einließ und das ganze Spiel fing von vorne an. Ich war oft krank, damit ich meine Ruhe hatte. Mein Leben war nicht mehr das, was es einmal war.

Ich war nicht mehr ich selbst und verlor immer mehr an Selbstachtung.

Am Silvestertag stritten wir mal wieder.

Er räumte den Kühlschrank aus und nahm das ganze Essen mit nach Hause.

Das gab mir endgültig den Rest. Ich nahm mir zum Vorsatz fürs neue Jahr, dass ich nicht mehr auf ihn reinfallen würde.

Er überhäufte mich mit Mails, in denen er mit allen Möglichkeiten mich versuchte unter Druck zu setzen. Er drohte sogar mit Selbstmord.

Wenn er sich meldete, ignorierte ich ihn.

Wenn er etwas von mir wollte, lehnte ich ab.

Da, wo ich vorher Ja und Amen gesagt hatte, sagte ich nur noch nein.

Ich widerstand jeglicher Versuchung ihn wieder zu treffen.

So schaffte ich es, mich von ihm zu befreien und ging fortan nur noch meinen eigenen Weg.

Erwachen

Ich habe einen Traum, in dem ich ins Wasser eintauche und in einer anderen Welt lande, wo alles bunt ist, voller Farben.

Es ist so schön, dass es beinahe wehtut.

Die Menschen in dieser Welt sind voller Wärme,

wenn ich ihnen begegne, werde ich von innen berührt.

Überall ist Liebe, zu kleinen Dingen und auch zu großen.

Ich fühle keinen Schmerz, nur tiefen Frieden.

In dieser Welt kann ich auftanken, alle Löcher füllen, die in der Vergangenheit immer größer geworden sind.

Ich spüre Gott in allen Gliedern, im Herzen und in der Seele.

Das ist seine Welt – von ihm geschaffen.

Er ist hier – bei mir, er bleibt bei mir,

bis ich wieder auftauche

und erwache – mit einem Lächeln im Gesicht.

Er liebt mich

Es ist egal, was ich tue,
was ich sage,
was ich fühle
oder was ich denke -
er liebt mich.

Ob ich eine Leistung erbringe
oder untätig bin
ob ich mich um jemanden kümmere
oder alleine bin -
er liebt mich.

Er liebt mich so wie ich bin,
denn so wie ich bin
hat er mich geschaffen,
so hat er mich gewollt.

Es kann nicht sein, dass ich nichts wert bin,

denn da ist nicht nichts in mir drin,

sondern das, was er mir reingelegt hat,

das, was mich einzigartig macht.

Er liebt mich so wie ich bin,

ich brauche nicht perfekt sein

ich brauche mich nicht zu verbiegen

Ich bin wertvoll

weil ich bin.

So liebt mich nur Gott -

        und das ist unvergleichlich.

Die Sonnenmenschen

Die Sonne war vor langer langer Zeit noch ein bewohnter Planet. Damals war es noch nicht so heiß dort. Am Anfang war sie sogar sehr kalt. Die Menschen, die dort geboren wurden, brachten ihr erst die Wärme. Sie waren reinen Herzens und hatten ein ausgesprochen sanftes Gemüt. Sie lebten einfach und froh in den Tag hinein. Sie nahmen jeden Tag als Geschenk an und liebten alles, was sie taten. Doch je mehr Menschen auf der Sonne geboren wurden, desto wärmer wurde es. Diese Menschen hatten so viel Wärme in sich, das sie sich auf dem ganzen Planeten ausbreitete.

Die Wärme, die jeder einzelne von ihnen ausströmte blieb. Irgendwann wurde es dann sehr heiß, und sie beschlossen, sich nicht mehr fortzupflanzen. Doch die Hitze nahm von Tag zu Tag zu, bis es nicht mehr auszuhalten war. Die Sonnenmenschen mußten die Sonne verlassen. So kamen sie auf die Erde. Sie waren sehr verwundert wie es dort zuging. Sie lernten Krieg, Haß und Zerstörung kennen. Sie wollten den Erdmenschen Liebe schenken, doch die waren zu dumm, sie anzunehmen.

So wurden mit der Zeit auch die Sonnenmenschen traurig, doch sie gaben nicht auf. Sie verstreuten sich auf der ganzen Erde, um überall ein wenig Freude hinzubringen. Die Sonne hatte durch die Sonnenmenschen so viel Kraft gewonnen, das sie der Erde Wärme bringen konnte. Ohne sie wäre diese schon zugrunde gegangen. Doch die wenigen Sonnenmenschen schafften es nicht die ganze Erde zu erobern, weil sie von den kalten Eismenschen davon abgehalten wurden.

Das Leben in Frieden und Harmonie war Vergangenheit für die Sonnenmenschen. Sie konnten nur versuchen das Beste daraus zu machen und strahlten trotzdem immer weiter ihre Wärme und Liebe aus.

Heute siehst du ganz selten einen Sonnenmenschen, doch es gibt sie noch. Du erkennst sie an ihrem Lachen, was aus ihrem Herzen kommt. Somit ist die Welt nicht ganz verloren.

Gebt den Kindern das Kommando

„Papa, unternehmen wir heute was? An so einem schönen sonnigen Tag ist es doch viel zu schade, drinnen zu hocken", sagte seine elfjährige Tochter Manuela.

Ratlos blickte Herr Berg seine Frau an, die wiederum fragend zur Oma schaute, die so in ihre Strickarbeit vertieft war, dass sie scheinbar nichts mitbekommen hatte.

„Wir könnten doch irgendwo mit dem Auto hinfahren", schlug Frau Berg vor.

Fassungslos schaute Jessica, die jüngere Schwester von Manuela, ihre Mutter an.

„Aber die Autoabgase verpesten doch die Luft!"

„Ja, genau! Außerdem braucht Harry Auslauf", erklärte Manuela zustimmend und blickte auf den Hund, der gelangweilt auf dem Teppich lag, aber jetzt bei seinem Namen aufhorchte.

„Wir können ja irgendwo anhalten und spazieren gehen", meinte der Vater genervt.

„Mensch, Papa, willst du wirklich stundenlang in dem heißen Stau stecken bleiben? Da geht ja die schönste Zeit futsch!"

Manuela war aufgebracht, und ihre Schwester konterte weiter: „Wenn du unbedingt dieses Hupkonzert hören willst, na bitte. Wir möchten lieber Rad fahren in frischer Luft."

Jessica und Manuela machten sich auf und wollten gehen. Harry wedelte erwartungsvoll mit dem Schwanz. „Komm, Harry!" rief Manuela, und er sprang freudig auf. Als sie aus der Tür waren, blickte der hinterbliebene Rest der Familie sich stumm und verblüfft an. Plötzlich legte die Oma ihr Strickzeug beiseite und stand auf.

„Was hast du vor?" fragte Frau Berg überrascht.

„Ich hole mein Fahrrad aus der Garage!"

Herr und Frau Berg blieb der Mund vor Erstaunen offen stehen, doch dann fielen sie in schallendes Gelächter.

„Du hast recht. Fahren wir ihnen hinterher!"

Eilig schwangen sie sich auf die Sättel und traten in die Pedalen. Tatsächlich schafften sie es, die Beiden einzuholen.

Jessica und Manuela schauten sich schmunzelnd an. Jessica meinte: „Das haben wir doch gut hingekriegt, was?"

„Tja, manchmal muss man eben nur die Rollen tauschen."

Der Schandfleck

Gerade aus der warmen Hülle gequält
Hab ich große Sehnsucht verspürt
Nach der Mutter die mich hält
Die mich liebevoll berührt

Sie hat mich an den Leib gedrückt
Mein kleiner Kopf war tränennass
Sie hat mich fast erstickt
So war sie voller Hass

Sie drückte mich noch fester,
und rief: Nein, es kann nicht sein
Diese Augen, dieses Haar
Das Kind da ist nicht mein

Dann nahm mich die Schwester:
Es ist wirklich wahr
Es ist Ihr Kind

Das ist ganz klar

Auch wenn die Haare jetzt noch dunkel
 sind
Sie fallen wieder aus
Die Augen verfärben sich
Das geht so schnell wie der Wind

Seufzend nahm Mutter mich auf den Arm
Wiegte mich hin und her,
bis mir Schwindel überkam
Ich weinte daher sehr

Was jammerst du?
Du bist wie dein Vater
Halt den Mund, du Wichtigtuer
Du Schandfleck du

Dein Vater war ein Trinker,

ein Taugenichts

Und du bist nur ein Stinker

Werden kann aus dir nichts

An diese Sprüche hab ich mich gewöhnt

Und das mein Leben lang

Ich wurde nur verhöhnt,

obwohl ich so nach Liebe rang

Ich wollte alles Recht machen

Ach, wäre ich nur nicht geboren

Es gab nichts zu lachen

Was hatte ich in dieser Welt verloren?

 Ich war wehleidig und krank

Aus mir konnte nichts werden

War alles nur ein Krampf

Immer nur Beschwerden

Den Kampf um Liebe
Hatte ich aufgegeben

Als ich mit 16 fortlief
suchte ich ein neues Leben
 Viel Freude hatte ich auch nicht im
 nächsten Jahr
War im Strom mitgeschwommen
Alles was jemals in mir war
War mir bereits genommen

Erst irgendwann in späten Jahren
Lernte ich mich neu kennen
Konnte ich mich selbst erfahren
Nachdem ich versuchte mir das Leben zu
nehmen

Neugeboren in der Psychiatrie
Konnte ich mir selbst die Liebe geben

Und sogar Sympathie
Ich war endlich froh zu leben

Ich spürte plötzlich ich bin da
Das höchste Glückgefühl auf Erden:
Aus dem Schandfleck der einst war
Kann und wird ein König werden

Verändertes Spiegelbild

Früher, als ich in den Spiegel schaute,

sah ich nur ein verschwommenes Bild,

unscheinbar und verzerrt.

Ich begann, den Spiegel zu polieren,

doch das Bild blieb unklar.

Ab sofort mied ich den Spiegel,

bis ich eines Tages im Vorbeigehen

ein Lächeln wahrnahm.

Ich ging zurück, weil ich

meinen Augen nicht trauen wollte

Doch es stimmte: Der Spiegel lachte mich
an.

Ich kam daraufhin jeden Tag,

um mich an dem Lächeln zu erfreuen.

Und von Tag zu Tag wurde das Bild klarer.

Schließlich kam der Tag, an dem ich
erkannte,

wer mir aus dem Spiegel zulachte.

Und ich lachte zurück.